朱熹集註

衛靈公第十五

凡四十一章

衛靈公問陳於孔子。孔子對曰。俎豆之事。則嘗聞之矣。軍旅之事。未之學也。明日遂行。

陳，去聲。○陳，謂軍師行伍之列。俎豆，禮器。尹氏曰：衛靈公，無道之君也，復有志於戰伐之事，故答以未學而去之。

在陳絕糧。從者病。莫能興。

從，去聲。○孔子去衛適陳。興，起也。

子路慍見曰。君子亦有窮乎。子曰。君子固窮。小人窮斯濫矣。

見，賢遍反。○何氏曰：濫，溢也。言君子固有窮時，不若小人窮則放溢為非。程子曰：固窮者，固守其窮。亦通。○愚謂聖人當行而行，無所顧慮；處困而亨，無所怨悔。於此可見，學者宜深味之。

○子曰。賜也。女以予為多學而識之

論語卷之八

朱熹集註

衛靈公第十五

凡四十一章

衛靈公問陳於孔子。孔子對曰：俎豆之事，則嘗聞之矣；軍旅之事，未之學也。明日遂行。

陳，去聲。○陳，謂軍師行伍之列。俎豆，禮器。尹氏曰：衛靈公，無道之君也，復有志於戰伐之事，故答以未學而去之。

在陳絕糧，從者病，莫能興。從，去聲。

孔子去衛適陳。興，起也。

子路慍見曰：君子亦有窮乎？子曰：君子固窮，小人窮斯濫矣。見，賢遍反。

何氏曰：濫，溢也。言君子固有窮時，不若小人窮則放溢為非。程子曰：固窮者，固守其窮。亦通。○愚謂聖人當行而行，無所顧慮；處困而亨，無所怨悔。於此可見，學者宜深味之。

○子曰：賜也，女以予爲多學而識之

者與女音汝識音志與平聲下同○子貢之學多而能識矣夫子欲其知所本也故問以發之

對曰然非與方信而忽疑蓋其積學功至而亦將有得也

曰非也予一以貫之說見第四篇然彼以行言而此以知言也○謝氏曰聖人之道大矣人不能徧觀而盡識宜其以爲多學而識之也然聖人豈務博者哉如天之於衆形匪物物刻而雕之也故曰予一以貫之德輶如毛毛猶有倫上天之載無聲無臭至矣尹氏曰孔子之於曾子不待其問而直告之以此曾子復深諭之曰唯若子貢則先發其疑而後告之而子貢終亦不能如曾子之唯也二子所學之淺深於此可見愚按夫子之於子貢屢有以發之而他人不與焉則顏曾以下諸子所學之淺深又可見矣

○子曰由知德者鮮矣鮮上聲由呼子路之名而告之也德謂義理之得於己者非己有之不能知其意味之實也○自第一章至此疑皆一時之言此章蓋爲慍見發也

○子曰無爲而治者其舜也與夫何爲哉恭己正南面而已矣與平聲夫音扶

無爲而治者。聖人德盛而民化。不待其有所作爲也。獨稱舜者。紹堯之後。而又得人以任衆職。故尤不見其有爲之迹也。恭己者。聖人敬德之容。既無所爲。則人之所見如此而已。

○子張問行。猶問達之意也。

子曰：言忠信，行篤敬，雖蠻貊之邦行矣。言不忠信，行不篤敬，雖州里行乎哉？行篤行不之行，去聲。貊，亡百反。子張意在得行於外。故夫子反於身而言之。猶答干祿問達之意也。篤，厚也。蠻，南蠻。貊，北狄。二千五百家爲州。

立則見其參於前也，在輿則見其倚於衡也，夫然後行。參，七南反。夫，音扶。其者，指忠信篤敬而言。參，讀如毋往參焉之參，言與我相參也。衡，軛也。言其於忠信篤敬念念不忘。隨其所在。常若有見。雖欲頃刻離之而不可得。然後一言一行。自然不離於忠信篤敬。而蠻貊可行也。

子張書諸紳。紳，大帶之垂者。書之，欲其不忘也。○程子曰：學要鞭辟近裏著己而已。博學而篤志，切問無為而治者，聖人德盛而民化，不待其有所作為也。獨稱舜者，紹堯之後，而又得人以任眾職，故尤不見其有為之跡也。恭己者，聖人敬德之容。既無所為，則人之所見如此而已。

○子張問行。猶問達之意也。

子曰：「言忠信，行篤敬，雖蠻貊之邦行矣；言不忠信，行不篤敬，雖州里行乎哉？行篤、行不之行，去聲。貊，亡百反。子張意在得行於外，故夫子反於身而言之，猶答干祿問達之意也。篤，厚也。蠻，南蠻。貊，北狄。二千五百家為州。

立則見其參於前也，在輿則見其倚於衡也，夫然後行。」參，七南反。夫，音扶。其者，指忠信篤敬而言。參，讀如「毋往參焉」之參，言與我相參也。衡，軛也。言其於忠信篤敬念念不忘，隨其所在，常若有見，雖欲頃刻離之而不可得。然後一言一行，自然不離於忠信篤敬，而蠻貊可行也。

子張書諸紳。紳，大帶之垂者。書之，欲其不忘也。○程子曰：「學要鞭辟近裏著己而已。博學而篤志，切問而近思。言忠信。行篤敬。立則見其參於前。在輿則見其倚於衡。即此是學。質美者明得盡。查滓便渾化。却與天地同體。其次惟莊敬以持養之。及其至則一也

○子曰。直哉史魚。邦有道如矢。邦無道如矢。

史。官名。魚。衛大夫。名鰌。如矢。言直也。史魚自以不能進賢退不肖。既死猶以尸諫。故夫子稱其直。事見家語

君子哉蘧伯玉。邦有道則仕。邦無道則可卷而懷之。

伯玉出處合於聖人之道。故曰君子。卷。收也。懷。藏也。如於孫林父甯殖放弒之謀不對而出。亦其事也。○楊氏曰。史魚之直。未盡君子之道。若蘧伯玉然後可免於亂世。若史魚之如矢。則雖欲卷而懷之。有不可得也

○子曰。可與言而不與之言。失人。不可與言而與之言。失言。知者不失人。亦不失言。知。去聲

○子曰。志士仁人。無求生以害仁。有殺身以成仁。

而近思。言忠信。行篤敬。立則見其參於前。在輿則見其倚於衡。只此是學。質美者明得盡。查滓便渾化。卻與天地同體。其次惟莊敬以持養之。及其至則一也。

○子曰直哉史魚。邦有道如矢。邦無道如矢。

史魚衛大夫。名鰌。如矢言直也。史魚自以不能進賢退不肖。既死猶以尸諫。故夫子稱其直。事見家語。

君子哉蘧伯玉。邦有道則仕。邦無道則可卷而懷之。

伯玉出處。合於聖人之道。故曰君子。卷收也。懷藏也。如於孫林父甯殖放弑之謀。不對而出。亦其事也。○楊氏曰。史魚之直。未盡君子之道。若蘧伯玉。然後可免於亂世。若史魚之如矢。則雖欲卷而懷之。有不可得也。

○子曰可與言而不與之言。失人。不可與言而與之言。失言。知者不失人。亦不失言。知去聲

○子曰志士仁人。無求生以害仁。有殺身以成仁。

志士。有志之士。仁人。則成德之人也。理當死而求生。則於其心有不安矣。是害其心之德也。當死而死。則心安而德全矣。○程子曰。實理得之於心自別。實理者。實見得是。實見得非也。古人有捐軀隕命者。若不實見得。惡能如此。須是實見得生不重於義。生不安於死也。故有殺身以成仁者。只是成就一箇是而已。

〇子貢問爲仁。子曰。工欲善其事。必先利其器。居是邦也。事其大夫之賢者。友其士之仁者。

賢以事言。仁以德言。夫子嘗謂子貢悅不若己者。故以是告之。欲其有所嚴憚切磋以成其德也。○程子曰。子貢問爲仁。非問仁也。故孔子告之以爲仁之資而已。

〇顏淵問爲邦。

顏子王佐之才。故問治天下之道。曰爲邦者。謙辭。

子曰。行夏之時。

夏時。謂以斗柄初昏建寅之月爲歲首也。天開於子。地闢於丑。人生於寅。故斗柄建此三辰之月。皆可以爲歲首。而三代迭用之。夏以寅爲人正。商以丑爲地正。周以子爲天正也。然時以作事。則歲月自當以人爲紀。故孔子嘗曰吾得夏時焉。而說者以爲夏小正之屬。蓋取其時之正與其令之善。而於此又以告顏子也。

乘殷之輅。輅音路，亦作路。

商輅，木輅也。輅者，大車之名。古者以木爲車而已，至商而有輅之名，蓋始異其制也。周人飾以金玉，則過侈而易敗，不若商輅之朴素渾堅，而等威已辨，爲質而得其中也。

服周之冕。

周冕有五，祭服之冠也。冠上有覆，前後有旒。黃帝以來，蓋已有之，而制度儀等，至周始備。然其爲物小，而加於衆體之上，故雖華而不爲靡，雖費而不及奢。夫子取之，蓋亦以爲文而得其中也。

樂則韶舞。

取其盡善盡美。

放鄭聲，遠佞人。鄭聲淫，佞人殆。遠，去聲。

放，謂禁絕之。鄭聲，鄭國之音。佞人，卑諂辯給之人。殆，危也。○程子曰：「問政多矣，惟顏淵告之以此。蓋三代之制，皆因時損益，及其久也，不能無弊。周衰，聖人不作，故孔子斟酌先王之禮，立萬世常行之道，發此以爲之兆爾。由是求之，則餘皆可考也。」張子曰：「禮樂，治之法也。放鄭聲，遠佞人，法外意也。一日不謹，則法壞矣。虞夏君臣更相戒飭，意蓋如此。」又曰：「法立而能守，則德可久，業可大。鄭聲佞人，能使人喪其所守，故放遠之。」尹氏曰：「此所謂百王不易之大法。孔子之作春秋，蓋此意也。孔顏雖不得行之於時，然其爲治之法，可得而見矣。」

時。然其為說之法可得而得行矣之者孔子於之詩春之

於蓋此意也孔顏雖不得行之大其法子數之蓋可久之

夕以可日大此鄭所謂復百人能使人之其所能全入可法子則高有為可久

業可成法於意也則一日。又不日謹則法變而若全意可臣鑄夏

相人。法可行之之日此禮以為之其法其鄭求之則謹德

者世常行文章人不作者以鼓孔樂之北鄭是求之實無

世常行文章人之制作皆以鼓。孔樂之北鄭是求之。之禮不能以之

聲。周有二代之制，皆因時損益。此節。又王文之禮，不能以之

此。蓋三代之○禮，樂日間損益。其甘又鄭聲，也言不能

人。為完其。總之。謂鄭聲之音。其奸人。。惡者。

放。謂禁絕之。鄭聲衛國之音。佞人。卑諂辯給之人。

放鄭聲。遠佞人。鄭聲淫。佞人殆。

害。盡美其盡善。

樂則韶舞。

中也。取其盡善盡美。

而為其實者，不及會。夫子取之。蓋以為文而不

然其中。亦有以加於實。象數之上，雖華而不

其所以。蓋已有文，而有以其文，雖華而有

詳。以來。至上。乃見其以為王。者，有其質而不

服周之冕。

素誅以金玉。則過侈而易敗。不若商輅之以木，為

而已。至周而有輅之名。蓋始異其制也。周人車

商輅。木輅也。輅者大車之名。古者以木為車

乘殷之輅。亦作輅。

如之何如之何者，熟思而審處之辭也。不如是而妄行，雖聖人亦無如之何矣。

○子曰：「羣居終日，言不及義，好行小慧，難矣哉！」好，去聲。

小慧，私智也。言不及義，則放邪侈之心滋。好行小慧，則行險僥倖之機難矣哉者，言其無以入德而將有患害也。

○子曰：「君子義以爲質，禮以行之，孫以出之，信以成之。君子哉！」孫，去聲。

義者，制事之本，故以爲質榦。而行之必有節文，出之必以退遜，成之必在誠實，乃君子之道也。○程子曰：「義以爲質，如質榦然。禮行此，孫出此，信成此。此四句只是一事，以義爲本。」又曰：「敬以直內，則義以方外。義以爲質，則禮以行之，孫以出之，信以成之。」

○子曰：「君子病無能焉，不病人之不己知也。」

○子曰：「君子疾沒世而名不稱焉。」

范氏曰：「君子學以爲己，不求人知。然沒世而名不稱焉，則無爲善之實可知矣。」

○子曰：「君子求諸己，小人求諸人。」

謝氏曰：「君子無不反求諸己，小人反是。此君子小人所以分也。」○楊氏曰：「君子雖不病人不曰如之何如之何者，猶言不熟思而審處之辭也。如是而妄行，雖聖人亦無如之何矣。

子曰：羣居終日，言不及義，好行小慧，難矣哉！好，去聲。

小慧，私智也。言不及義，則放辟邪侈之心滋。好行小慧，則行險僥倖之機熟。難矣哉者，言其無以入德，而將有患害也。

○子曰：君子義以爲質，禮以行之，孫以出之，信以成之。君子哉！孫，去聲。

義者制事之本，故以爲質幹。而行之必有節文，出之必以退遜，成之必在誠實，乃君子之道也。○程子曰：義以爲質，如質幹然。禮行此，孫出此，信成此。此四句只是一事，以義爲本。又曰：敬以直內，則義以方外。義以爲質，則禮以行之，孫以出之，信以成之。

論語集註卷八　八

○子曰：君子病無能焉，不病人之不己知也。

○子曰：君子疾沒世而名不稱焉。

范氏曰：君子學以爲己，不求人知。然沒世而名不稱焉，則無爲善之實可知矣。

○子曰：君子求諸己，小人求諸人。

謝氏曰：君子無不反求諸己，小人反是。此君子小人所以分也。○楊氏曰：君子雖不病人之不己知，然亦疾沒世而名不稱也。

之不已知。然亦疾沒世而名不稱也。雖疾沒世而名不稱。然所以求者亦反諸己而已。小人求諸人。故違道干譽無所不至。三者文不相蒙而義實相足。亦記言者之意

〇子曰。君子矜而不爭。羣而不黨。

莊以持己曰矜。然無乖戾之心。故不爭。和以處衆曰羣。然無阿比之意。故不黨。

〇子曰。君子不以言舉人。不以人廢言。

〇子貢問曰。有一言而可以終身行之者乎。子曰。其恕乎。己所不欲。勿施於人。

推己及物。其施不窮。故可以終身行之。〇尹氏曰。學貴於知要。子貢之問。可謂知要矣。孔子告以求仁之方也。推而極之。雖聖人之無我。不出乎此。終身行之。不亦宜乎

〇子曰。吾之於人也。誰毁誰譽。如有所譽者。其有所試矣。

譽平聲

毁者。稱人之惡而損其眞。譽者。揚人之善而過其實。夫子無是也。然或有所譽者。則必嘗有以試之而知其將然矣。聖人善善之速而無所苟如此。若其惡惡則已緩矣。是以雖有以前知其惡而終無所毁也

斯民也三代之所以直道而行也

斯民者今此之人也三代夏商周也直道無私曲也言吾之所以無所毀譽者蓋以此民即三代之時所以善其善惡其惡而無所私曲之民故我今亦不得而枉其是非之實也○尹氏曰孔子之於人也豈有意於毀譽之哉其所以譽之者蓋試而知其美故也斯民也三代所以直道而行豈得容私於其間哉

○子曰吾猶及史之闕文也有馬者借人乘之今亡已夫

楊氏曰史闕文馬借人此二事孔子猶及見之今亡已夫悼時之益偷也愚謂此必有爲

而言蓋雖細故而時變之大者可知矣胡氏曰此章義疑不可強解

○子曰巧言亂德小不忍則亂大謀

巧言變亂是非聽之使人喪其所守小不忍如婦人之仁匹夫之勇皆是

○子曰衆惡之必察焉衆好之必察焉

楊氏曰惟仁者能好惡人衆好惡之而不察則或蔽於私矣

○子曰人能弘道非道弘人

弘廓而大之也人外無道道外無人然人心有覺而道體無爲故人能大其道道不能大其人也

其人也。○張子曰。心能盡性。人能弘道也。性不知檢其心。非道弘人也。

○子曰。過而不改。是謂過矣。

過而能改。則復於無過。唯不改。則其過遂成。而將不及改矣。

○子曰。吾嘗終日不食。終夜不寢。以思。句無益。句不如學也。

此為思而不學者言之。蓋勞心以必求。不如遜志而自得也。李氏曰。夫子非思而不學者。特垂語以教人爾。

○子曰。君子謀道不謀食。耕也。餒在

其中矣。學也。祿在其中矣。君子憂道不憂貧。餒奴罪反

耕所以謀食。而未必得食。學所以謀道。而祿在其中。然其學也。憂不得乎道而已。非為憂貧之故。而欲為是以得祿也。○尹氏曰。君子治其本而不䘏其末。豈以在外者為憂樂哉。

○子曰。知及之。仁不能守之。雖得之。必失之。知去聲

知足以知此理。而私欲間之。則無以有之於身矣。

知及之。仁能守之。不莊以涖之。則民

不敬

涖臨也。謂臨民也。知此理而無私欲以間之。則所知者在我而不失矣。然猶有不莊者。蓋氣習之偏。或有厚於內而不嚴於外者。是以民不見其可畏而慢易之。下句放此

知及之。仁能守之。莊以涖之。動之不以禮。未善也。

動之。動民也。猶曰鼓舞而作興之云爾。禮。謂義理之節文。○愚謂學至於仁。則善有諸己而大本立矣。涖之不莊。動之不以禮。乃其氣稟學問之小疵。然亦非盡善之道也。故夫子歷言之。使知德愈全則責愈備。不可以爲小節而忽之也。

○子曰。君子不可小知。而可大受也。小人不可大受。而可小知也。

此言觀人之法。知。我知之也。受。彼所受也。蓋君子於細事未必可觀。而材德足以任重。小人雖器量淺狹。而未必無一長可取

○子曰。民之於仁也。甚於水火。水火吾見蹈而死者矣。未見蹈仁而死者也。

民之於水火。所賴以生。不可一日無。其於仁也亦然。但水火外物。而仁在己。無水火不過

害人之身。而不仁則失其心。是仁有甚於水火而尤不可以一日無者也。況水火或有時而殺人。仁則未嘗殺人。亦何憚而不爲哉。李氏曰。此夫子勉人爲仁之語。下章放此。

子曰。當仁。不讓於師。

當仁。以仁爲己任也。雖師亦無所遜。言當勇往而必爲也。蓋仁者。人所自有而自爲之。非有爭也。何遜之有。○程子曰。爲仁在己。無所與遜。若善名在外。則不可不遜。

子曰。君子貞而不諒。

貞。正而固也。諒。則不擇是非而必於信。

子曰。事君。敬其事而後其食。

後。與後獲之後同。食。祿也。君子之仕也。有官守者修其職。有言責者盡其忠。皆以敬吾之事而已。不可先有求祿之心也。

子曰。有教無類。

人性皆善。而其類有善惡之殊者。氣習之染也。故君子有教。則人皆可以復於善。而不當復論其類之惡矣。

子曰。道不同。不相爲謀。爲去聲

不同。如善惡邪正之類。

子曰。辭達而已矣。

達意而止，不以富麗為工。

○師冕見，及階，子曰："階也。"及席，子曰："席也。"皆坐，子告之曰："某在斯，某在斯。"師，樂師，瞽者。冕，名。再言某在斯，歷舉在坐之人以詔之。

師冕出。子張問曰："與師言之道與？"與，平聲。聖門學者，於夫子之一言一動，無不存心省察如此。

子曰："然，固相師之道也。"相，去聲。○相，助也。古者瞽必有相，其道如此。蓋聖人於此，非作意而為之，但盡其道而已。○尹氏曰：聖人處己為人，其心一致，無不盡其誠故也。有志於學者，求聖人之心，於斯亦可見矣。范氏曰：聖人不侮鰥寡，不虐無告，可見於此。推之天下，無一物不得其所矣。

季氏第十六

洪氏曰：此篇或以為齊論。凡十四章。

季氏將伐顓臾。顓，音專。臾，音俞。顓臾，國名，魯附庸也。

冉有季路見於孔子曰。季氏將有事於顓臾。見賢遍反

按左傳。史記。二子仕季氏不同時。此云爾者。疑子路嘗從孔子自衛反魯。再仕季氏。不久而復之衛也

孔子曰。求。無乃爾是過與。與平聲

冉求為季氏聚斂。尤用事。故夫子獨責之

夫顓臾。昔者先王以為東蒙主。且在邦域之中矣。是社稷之臣也。何以伐

爲。夫音扶

東蒙。山名。先王封顓臾於此山之下。使主其祭。在魯地七百里之中。社稷。猶云公家。是時四分魯國。季氏取其二。孟孫叔孫各有其一。獨附庸之國尚爲公臣。季氏又欲取以自益。故孔子言顓臾乃先王封國。則不可伐。在邦域之中。則不必伐。是社稷之臣。則非季氏所當伐也。此事理之至當。不易之定體。而一言盡其曲折如此。非聖人不能也

冉有曰。夫子欲之。吾二臣者皆不欲也。

夫子。指季孫。冉有實與謀。以夫子非之。故歸咎於季氏

寡安無傾。

寡，謂民少。貧，謂財乏。均，謂各得其分。安，謂上下相安。季氏之欲取顓臾，患寡與貧耳。然是時季氏據國，而魯公無民，則不均矣。君弱臣强，互生嫌隙，則不安矣。均則不患於貧而和，和則不患於寡而安，安則不相疑忌，而無傾覆之患。

夫如是，故遠人不服，則脩文德以來之。既來之，則安之。夫，音扶。

內治脩，然後遠人服。有不服，則脩德以來之，亦不當勤兵於遠。

今由與求也，相夫子，遠人不服而不能來也；邦分崩離析而不能守也；

子路雖不與謀，而素不能輔之以義，亦不得為無罪，故并責之。遠人，謂顓臾。分崩離析，謂四分公室，家臣屢叛。

而謀動干戈於邦內。吾恐季孫之憂，不在顓臾，而在蕭墻之內也。

干，楯也。戈，戟也。蕭墻，屏也。言不均不和，內變將作。其後哀公果欲以越伐魯而去季氏。○謝氏曰：當是時，三家强，公室弱，冉求又欲伐顓臾以附益之。夫子所以深罪之，為其瘠魯以肥三家也。洪氏曰：二子仕於季氏，凡季氏所欲為，必以告於夫子。則因夫子之言而救寡。安無傾。

寡謂民少。貧謂財乏。均謂各得其分。安謂上下相安。季氏之欲取顓臾。患寡與貧耳。然是時季氏據國。而魯公無民。則不均矣。君弱臣強。互生嫌隙。則不安矣。均則不患於貧而和。和則不患於寡而安。安則不相疑忌。而無傾覆之患。

夫如是。故遠人不服。則脩文德以來之。既來之。則安之。夫音扶

內治脩。然後遠人服。有不服。則脩德以來之。亦不當勤兵於遠。

今由與求也。相夫子。遠人不服而不能來也。邦分崩離析而不能守也。

子路雖不與謀。而素不能輔之以義。亦不得爲無罪。故并責之。遠人。謂顓臾。分崩離析。謂四分公室。家臣屢叛。

而謀動干戈於邦內。吾恐季孫之憂。不在顓臾。而在蕭牆之內也。

干楯也。戈戟也。蕭牆屏也。言不均不和。內變將作。其後哀公果欲以越伐魯而去季氏。謝氏曰。當是時。三家強。公室弱。冉求又欲伐顓臾以附益之。夫子所以深罪之。爲其瘠魯以肥三家也。洪氏曰。二子仕於季氏。凡季氏所欲爲。必以告於夫子。則因夫子之言而救

止者宜亦多矣伐顓臾之事不見於經傳其以夫子之言而止也與

○孔子曰天下有道則禮樂征伐自天子出天下無道則禮樂征伐自諸侯出自諸侯出蓋十世希不失矣自大夫出五世希不失矣陪臣執國命三世希不失矣

先王之制諸侯不得變禮樂專征伐陪臣家臣也逆理愈甚則其失之愈速大約世數不過如此

天下有道則政不在大夫

言不得專政

天下有道則庶人不議

上無失政則下無私議非箝其口使不敢言也○此章通論天下之勢

○孔子曰祿之去公室五世矣政逮於大夫四世矣故夫三桓之子孫微矣

夫音扶

魯自文公薨公子遂殺子赤立宣公而君失其政歷成襄昭定凡五公逮及也自季武子

柔。謂工於媚說而不諒。便佞。謂習於口語而無聞見之實。三者損益正相反也。○尹氏曰。自天子以至於庶人。未有不須友以成者。而其損益有如是者。可不謹哉

○孔子曰。益者三樂。損者三樂。樂節禮樂。樂道人之善。樂多賢友。益矣。樂驕樂。樂佚遊。樂宴樂。損矣。樂五教反禮樂之樂音岳

驕樂宴樂之樂音洛

節。謂辨其制度聲容之節。驕樂。則侈肆而不知節。佚遊。則惰慢而惡聞善。宴樂。則淫溺而狎小人。三者損益亦相反也。○尹氏曰。君子之於好樂。可不謹哉

○孔子曰侍於君子有三愆言未及之而言謂之躁言及之而不言謂之隱未見顏色而言謂之瞽

君子有德位之通稱愆過也瞽無目不能察言觀色○尹氏曰時然後言則無三者之過矣

○孔子曰君子有三戒少之時血氣未定戒之在色及其壯也血氣方剛戒之在鬭及其老也血氣旣衰戒之在得

血氣形之所待以生者血陰而氣陽也得貪得也隨時知戒以理勝之則不爲血氣所使也○范氏曰聖人同於人者血氣也異於人者志氣也血氣有時而衰志氣則無時而衰也少未定壯而剛老而衰者血氣也戒於色戒於鬭戒於得者志氣也君子養其志氣故不爲血氣所動是以年彌高而德彌卲也

○孔子曰君子有三畏畏天命畏大人畏聖人之言

畏者嚴憚之意也天命者天所賦之正理也知其可畏則其戒謹恐懼自有不能已者而

付畀之重。可以不失矣。大人聖言。皆天命所當畏。知畏天命。則不得不畏之矣

小人不知天命而不畏也。狎大人。侮聖人之言。

侮。戲玩也。不知天命。故不識義理。而無所忌憚如此。○尹氏曰。三畏者。脩己之誠當然也。小人不務脩身誠己。則何畏之有

○孔子曰。生而知之者上也。學而知之者次也。困而學之。又其次也。困而不學。民斯爲下矣。

困。謂有所不通。言人之氣質不同。大約有此四等。○楊氏曰。生知學知以至困學。雖其質不同。然及其知之一也。故君子惟學之爲貴。困而不學。然後爲下

○孔子曰。君子有九思。視思明。聽思聰。色思溫。貌思恭。言思忠。事思敬。疑思問。忿思難。見得思義。難去聲

視無所蔽。則明無不見。聽無所壅。則聰無不聞。色。見於面者。貌。舉身而言。思問。則疑不蓄。思難。則忿必懲。思義。則得不苟。○程子曰。九思各專其一。謝氏曰。未至於從容中道。無時而不自省察也。雖有不存焉者寡矣。此之謂思誠

孔子曰：「見善如不及，見不善如探湯。吾見其人矣，吾聞其語矣。探，吐南反。真知善惡而誠好惡之，顏、曾、閔、冉之徒，蓋能之矣。語，蓋古語也。隱居以求其志，行義以達其道。吾聞其語矣，未見其人也。」求其志，守其所達之道也。達其道，行其所求之志也。蓋惟伊尹、太公之流，可以當之。當時若顏子，亦庶乎此。然隱而未見，又不幸而蚤死，故夫子云然。

齊景公有馬千駟，死之日，民無德而稱焉。伯夷、叔齊餓于首陽之下，民到于今稱之。駟，四馬也。首陽，山名。其斯之謂與？與，平聲。胡氏曰：「程子以為第十二篇錯簡『誠不以富，亦祇以異』，當在此章之首。今詳文勢，似當在此。言人之所稱，不在於富，而在於異也。」愚謂此說近是，而章首當有「孔子曰」字，蓋闕文耳。大抵此書後十篇多闕誤。

陳亢問於伯魚曰：「子亦有異聞乎？」

亢音剛
亢以私意窺聖人疑必陰厚其子
對曰未也嘗獨立鯉趨而過庭曰學詩乎對曰未也不學詩無以言鯉退而學詩
事理通達而心氣和平故能言
他日又獨立鯉趨而過庭曰學禮乎對曰未也不學禮無以立鯉退而學禮
品節詳明而德性堅定故能立
聞斯二者
當獨立之時所聞不過如此其無異聞可知
陳亢退而喜曰問一得三聞詩聞禮又聞君子之遠其子也
遠去聲
尹氏曰孔子之教其子無異於門人故陳亢以爲遠其子
○邦君之妻君稱之曰夫人夫人自

亢音

亢以私意窺聖人疑必陰厚其子

對曰未也嘗獨立鯉趨而過庭曰學詩乎對曰未也不學詩無以言鯉退而學詩

事理通達而心氣和平故能言

他日又獨立鯉趨而過庭曰學禮乎對曰未也不學禮無以立鯉退而學禮

品節詳明而德性堅定故能立

聞斯二者

當獨立之時所聞不過如此其無異聞可知

陳亢退而喜曰問一得三聞詩聞禮又聞君子之遠其子也

遠去聲

尹氏曰孔子之教其子無異於門人故陳亢以爲遠其子

○邦君之妻君稱之曰夫人夫人自

稱曰小童。邦人稱之曰君夫人。稱諸異邦曰寡小君。異邦人稱之亦曰君夫人。

寡，寡德，謙辭。○吳氏曰：「凡語中所載如此類者，不知何謂。或古有之，或夫子嘗言之，不可致也。」

論語卷之八

稱曰小童邦人稱之曰君夫人稱諸

異邦曰寡小君異邦人稱之亦曰君

夫人

吳氏曰凡語中所載如此類者不知何謂或古有之或夫子嘗言之不可考也

論語卷之八

論語卷之九

朱熹集註

陽貨第十七

凡二十六章

陽貨欲見孔子，孔子不見，歸孔子豚。歸如字一作饋
孔子時其亡也，而往拜之，遇諸塗。

陽貨，季氏家臣，名虎。嘗囚季桓子而專國政。欲令孔子來見己，而孔子不往。貨以禮大夫有賜於士，不得受於其家，則往拜其門。故瞰孔子之亡而歸之豚，欲令孔子來拜而見之也。

謂孔子曰：「來！予與爾言。」曰：「懷其寶而迷其邦，可謂仁乎？」曰：「不可。」「好從事而亟失時，可謂知乎？」曰：「不可。」「日月逝矣，歲不我與。」孔子曰：「諾，吾將仕矣。」好亟知並去聲

懷寶迷邦，謂懷藏道德，不救國之迷亂。亟，數也。失時，謂不及事幾之會。將者，且然而未必

論語卷之九

陽貨第十七

朱熹集注

凡二十六章

陽貨欲見孔子，孔子不見，歸孔子豚。孔子時其亡也，而往拜之，遇諸塗。

歸，如字，一作饋。

陽貨，季氏家臣，名虎。嘗囚季桓子而專國政。欲令孔子來見己，而孔子不往。貨以禮，大夫有賜於士，不得受於其家，則往拜其門。故瞰孔子之亡而歸之豚，欲令孔子來拜而見之也。

謂孔子曰：「來！予與爾言。」曰：「懷其寶而迷其邦，可謂仁乎？」曰：「不可。」「好從事而亟失時，可謂知乎？」曰：「不可。」「日月逝矣，歲不我與。」孔子曰：「諾，吾將仕矣。」好、亟、知，並去聲。

懷寶迷邦，謂懷藏道德，不救國之迷亂。亟，數也。失時，謂不及事幾之會。將者，且然而未必之辭。

之辭。貨語皆譏孔子而諷使速仕。孔子固未嘗如此。而亦非不欲仕也。但不仕於貨耳。故直據理答之。不復與辯。若不諭其意者。○陽貨之欲見孔子。雖其善意。然不過欲使助己爲亂耳。故孔子不見者。義也。其往拜者。禮也。必時其亡而往者。欲其稱也。遇諸塗而不避者。不終絶也。隨問而對者。理之直也。對而不辯者。言之孫而亦無所詘也。楊氏曰。揚雄謂孔子於陽貨也。敬所不敬。爲詘身以信道。非知孔子者。蓋道外無身。身外無道。身詘矣。而可以信道。吾未之信也。

○子曰。性相近也。習相遠也。

此所謂性。兼氣質而言者也。氣質之性。固有美惡之不同矣。然以其初而言。則皆不甚相遠也。但習於善則善。習於惡則惡。於是始相遠耳。○程子曰。此言氣質之性。非言性之本也。若言其本。則性即是理。理無不善。孟子之言性善是也。何相近之有哉。

○子曰。唯上知與下愚不移。知去聲

此承上章而言。人之氣質相近之中。又有美惡一定。而非習之所能移者。○程子曰。人性本善。有不可移者何也。語其性則皆善也。語其才則有下愚之不移。所謂下愚有二焉。自暴自棄也。人苟以善自治。則無不可移。雖昏愚之至。皆可漸磨而進也。惟自暴者拒之以不信。自棄者絶之以不爲。雖聖人與居。不能化而入也。仲尼之所謂下愚也。然其質非必昏且愚也。往往强戾而才力有過人者。商辛是也。聖人以其自絶於善。謂之下愚。然考其子曰：性相近也，習相遠也。

子曰：唯上知與下愚不移。

歸則誠愚也。或曰。此與上章當合爲一。子曰二字蓋衍文耳

○子之武城。聞弦歌之聲。夫子莞爾而笑曰。割雞焉用牛刀。莞華版反。焉於虔反

弦。琴瑟也。時子游爲武城宰。以禮樂爲敎。故邑人皆弦歌也。莞爾。小笑貌。蓋喜之也。因言其治小邑。何必用此大道也。

子游對曰。昔者偃也聞諸夫子曰。君子學道則愛人。小人學道則易使也。易去聲

君子小人。以位言之。子游所稱。蓋夫子之常言。言君子小人皆不可以不學。故武城雖小。亦必敎以禮樂。

子曰。二三子。偃之言是也。前言戲之耳。

嘉子游之篤信。又以解門人之惑也。○治有大小。而其治之必用禮樂。則其爲道一也。但衆人多不能用。而子游獨行之。故夫子驟聞而深喜之。因反其言以戲之。而子游以正對。故復是其言。而自實其戲也。

○公山弗擾以費畔，召，子欲往。弗擾，季氏宰。與陽虎共執桓子，據邑以叛。子路不說，曰：「末之也已，何必公山氏之之也？」說，音悅。末，無也。言道既不行，無所往矣，何必公山氏之往乎？子曰：「夫召我者，而豈徒哉？如有用我者，吾其為東周乎！」為，去聲。豈徒哉，言必用我也。為東周，言興周道於東方。○程子曰：「聖人以天下無不可有為之人，亦無不可改過之人，故欲往。然而終不往者，知其必不能改故也。」

○子張問仁於孔子。孔子曰：「能行五者於天下為仁矣。」請問之。曰：「恭、寬、信、敏、惠。恭則不侮，寬則得眾，信則人任焉，敏則有功，惠則足以使人。」行是五者，則心存而理得矣。於天下，言無適而不然，猶所謂雖之夷狄不可棄者。五者之目，蓋因子張所不足而言耳。任，倚仗也，又言其效如此。○張敬夫曰：「能行此五者於天下，則其心公平而周徧可知矣，然恭其本與？」李氏曰：「此章與六言、六蔽、五美、四惡之類，皆與前後文

前後文體大不相似

○佛肸召，子欲往。佛音弼，肸許密反。

佛肸，晉大夫趙氏之中牟宰也。

子路曰：「昔者由也聞諸夫子曰：『親於其身爲不善者，君子不入也。』佛肸以中牟畔，子之往也，如之何？」

子路恐佛肸之浼夫子，故問此以止夫子之行。親，猶自也。不入，不入其黨也。

子曰：「然，有是言也。不曰堅乎，磨而不磷；不曰白乎，涅而不緇。磷，力刃反。涅，乃結反。

磷，薄也。涅，染皂物。言人之不善，不能浼已。楊氏曰：「磨不磷，涅不緇，而後無可無不可。堅白不足，而欲自試於磨涅，其不磷緇也者幾希。」

吾豈匏瓜也哉？焉能繫而不食？」焉，於虔反。

匏，瓠也。匏瓜繫於一處而不能飲食，人則不如是也。○張敬夫曰：「子路昔者之所聞，君子守身之常法；夫子今日之所言，聖人體道之大權也。然夫子於公山、佛肸之召皆欲往者，以天下無不可變之人，無不可爲之事也。其卒不往者，知其人之終不可變，而事之終不可爲耳。一則生物之仁，一則知人之智也。」

○子曰由也女聞六言六蔽矣乎對曰未也女音汝下同蔽遮掩也

居吾語女語去聲禮君子問更端則起而對故孔子諭子路使還坐而告之

好仁不好學其蔽也愚好知不好學其蔽也蕩好信不好學其蔽也賊好直不好學其蔽也絞好勇不好學其蔽也亂好剛不好學其蔽也狂好知並去聲

六言皆美德然徒好之而不學以明其理則各有所蔽愚若可陷可罔之類蕩謂窮高極廣而無所止賊謂傷害於物勇者剛之發剛者勇之體狂躁率也○范氏曰子路勇於為善其失之者未能好學以明之也故告之以此曰勇曰剛曰信曰直又皆所以救其偏也

○子曰小子何莫學夫詩夫音扶小子弟子也

詩可以興感發志意

可以觀。考見得失。可以羣。和而不流。可以怨。怨而不怒。邇之事父。遠之事君。人倫之道。詩無不備。二者舉重而言。多識於鳥獸草木之名。其緒餘又足以資多識。○學詩之法。此章盡之。讀是經者所宜盡心也。

○子謂伯魚曰。女為周南召南矣乎。人而不為周南召南。其猶正牆面而立也與。女音汝。與平聲。為猶學也。周南召南。詩首篇名。所言皆脩身齊家之事。正牆面而立。言即其至近之地而一物無所見。一步不可行。

○子曰。禮云禮云。玉帛云乎哉。樂云

可以興，可以觀。考見得失。可以群，和而不流。可以怨。怨而不怒。邇之事父，遠之事君。人倫之道，詩無不備，二者舉重而言。

論語集注卷九　十

多識於鳥獸草木之名。其緒餘又足以資多識。○學詩之法，此章盡之。讀是經者，所宜盡心也。

○子謂伯魚曰：「女為周南召南矣乎？人而不為周南召南，其猶正牆面而立也與？」女音汝。與平聲。為，猶學也。周南、召南，詩首篇名。所言皆修身齊家之事。正牆面而立，言即其至近之地，而一物無所見，一步不可行。

○子曰：「禮云禮云，玉帛云乎哉？樂云樂云，

樂云鐘鼓云乎哉

敬而將之以玉帛則爲禮和而發之以鐘鼓則爲樂遺其本而專事其末則豈禮樂之謂哉○程子曰禮只是一箇序樂只是一箇和只此兩字含蓄多少義理天下無一物無禮樂且如置此兩椅一不正便是無序無序便乖乖便不和又如盜賊至爲不道然亦有禮樂蓋必有總屬必相聽順乃能爲盜不然則叛亂無統不能一日相聚而爲盜也禮樂無處無之學者要須識得

○子曰色厲而內荏譬諸小人其猶穿窬之盜也與荏而審反與平聲

厲威嚴也荏柔弱也小人細民也穿穿壁窬踰牆言其無實盜名而常畏人知也

○子曰鄉原德之賊也

鄉者鄙俗之意原與愿同荀子原愨註讀作愿是也鄉原鄉人之愿者也蓋其同流合汙以媚於世故在鄉人之中獨以愿稱夫子以其似德非德而反亂乎德故以爲德之賊而深惡之詳見孟子末篇

○子曰道聽而塗說德之棄也

雖聞善言不爲已有是自棄其德也○王氏曰君子多識前言往行以畜其德道聽塗說則棄之矣

○子曰鄙夫可與事君也與哉與平聲

鄙夫庸惡陋劣之稱

其未得之也患得之既得之患失之

何氏曰患得之謂患不能得之

苟患失之無所不至矣

小則吮癰舐痔大則弑父與君皆生於患失而已○胡氏曰許昌靳裁之有言曰士之品大槩有三志於道德者功名不足以累其心志於功名者富貴不足以累其心志於富貴而已者則亦無所不至矣志於富貴即孔子所謂鄙夫也

○子曰古者民有三疾今也或是之亡也

氣失其平則為疾故氣禀之偏者亦謂之疾昔所謂疾今亦亡之傷俗之益衰也

古之狂也肆今之狂也蕩古之矜也廉今之矜也忿戾古之愚也直今之愚也詐而已矣

狂者志願太高肆謂不拘小節蕩則踰大閑矣矜者持守太嚴廉謂稜角峭厲忿戾則至於爭矣愚者暗昧不明直謂徑行自遂詐則挾私妄作矣○范氏曰末世滋偽豈惟賢者

不如古哉民性之蔽亦與古人異矣

○子曰巧言令色鮮矣仁

重出

○子曰惡紫之奪朱也惡鄭聲之亂雅樂也惡利口之覆邦家者惡去聲覆芳服反

朱正色紫間色雅正也利口捷給覆傾敗也○范氏曰天下之理正而勝者常少不正而勝者常多聖人所以惡之也利口之人以是爲非以非爲是以賢爲不肖以不肖爲賢人君苟悅而信之則國家之覆也不難矣

○子曰予欲無言

學者多以語言觀聖人而不察其天理流行之實有不待言而著者是以徒得其言而不得其所以言故夫子發此以警之

子貢曰子如不言則小子何述焉

子貢正以言語觀聖人者故疑而問之

子曰天何言哉四時行焉百物生焉天何言哉

四時行百物生莫非天理發見流行之實不待言而可見聖人一動一靜莫非妙道精義

者不如古哉民性之蔽亦與古人異矣

子曰巧言令色鮮矣仁

重出

子曰惡紫之奪朱也惡鄭聲之亂雅樂也惡利口之覆邦家者

覆芳服反○朱正色紫間色雅正也利口捷給覆傾敗也○范氏曰天下之理正而勝者常少不正而勝者常多聖人所以惡之也利口之人以是為非以非為是以賢為不肖以不肖為賢人君苟悅而信之則國家之覆也不難矣

子曰予欲無言

學者多以言語觀聖人而不察其天理流行之實有不待言而著者是以徒得其言而不得其所以言故夫子發此以警之

子貢曰子如不言則小子何述焉

子貢正以言語觀聖人者故疑而問之

子曰天何言哉四時行焉百物生焉天何言哉

四時行百物生莫非天理發見流行之實不待言而可見聖人一動一靜莫非妙道精義之發亦

之發。亦天而已。豈待言而顯哉。此亦開示子貢之切。惜乎其終不喻也。○程子曰。孔子之道。譬如日星之明。猶患門人未能盡曉。故曰予欲無言。若顏子則便默識。其他則未免疑問。故曰小子何述。又曰天何言哉。四時行焉。百物生焉。則可謂至明白矣。愚按此與前篇無隱之意相發。學者詳之

○孺悲欲見孔子。孔子辭以疾。將命者出戶。取瑟而歌。使之聞之。

孺悲。魯人。嘗學士喪禮於孔子。當是時必有以得罪者。故辭以疾。而又使知其非疾。以警教之也。程子曰。此孟子所謂不屑之教誨。所以深教之也

○宰我問。三年之喪。期已久矣。期音基。下同

期。周年也

君子三年不爲禮。禮必壞。三年不爲樂。樂必崩。

恐居喪不習而崩壞也

舊穀既沒。新穀既升。鑽燧改火。期可已矣。鑽。祖官反

沒。盡也。升。登也。燧。取火之木也。改火。春取榆柳之火。夏取棗杏之火。夏季取桑柘之火。秋

取柞楢之火。冬取槐檀之火。亦一年而周也。已。止也。言期年則天運一周。時物皆變。喪至此可止也。尹氏曰。短喪之說。下愚且恥言之。宰我親學聖人之門。而以是爲問者。有所疑於心而不敢强焉爾。

子曰。食夫稻。衣夫錦。於女安乎。曰。安。夫音扶。下同。衣去聲。女音汝。下同。

禮。父母之喪。既殯。食粥。麤衰。既葬。疏食水飲。受以成布。期而小祥。始食菜果。練冠縓緣。要絰不除。無食稻衣錦之理。夫子欲宰我反求諸心。自得其所以不忍者。故問之以此。而宰我不察也。

女安則爲之。夫君子之居喪。食旨不甘。聞樂不樂。居處不安。故不爲也。今女安則爲之。樂上如字。下音洛。

此夫子之言也。旨。亦甘也。初言女安則爲之。絶之之辭。又發其不忍之端。以警其不察。而再言女安則爲之。以深責之。

宰我出。子曰。予之不仁也。子生三年。然後免於父母之懷。夫三年之喪。天下之通喪也。予也有三年之愛於其取柞楢之火。冬取槐檀之火。亦一年而周也。已，止也。言期年則天運一周，時物皆變，喪至此可止也。尹氏曰：短喪之說，下愚且恥言之。宰我親學聖人之門，而以是為問者，有所疑於心而不敢強焉爾。

子曰。食夫稻。衣夫錦。於女安乎。曰。安。

夫音扶，下同。衣，去聲。女，音汝，下同。○禮：父母之喪，既殯，食粥，粗衣。既葬，疏食水飲，受以成布。期而小祥，始食菜果，練冠縓緣，要絰不除，無食稻衣錦之理。夫子欲宰我反求諸心，自得其所以不忍者。故問之以此，而宰我不察也。

女安則為之。夫君子之居喪。食旨不甘。聞樂不樂。居處不安。故不為也。今女安則為之。

樂，上如字，下音洛。○此夫子之言也。旨，亦甘也。初言女安則為之，絕之之辭。又發其不忍之端，以警其不察。而再言女安則為之以深責之。

宰我出。子曰。予之不仁也。子生三年。然後免於父母之懷。夫三年之喪。天下之通喪也。予也有三年之愛於其父母乎。

宰我既出，夫子懼其眞以爲可安而遂行之，故深探其本而斥之。言由其不仁，故愛親之薄如此也。懷，抱也。又言君子所以不忍於親而喪必三年之故，使之聞之，或能反求而終得其本心也。○范氏曰：喪雖止於三年，然賢者之情則無窮也。特以聖人爲之中制而不敢過，故必俯而就之。非以三年之喪爲足以報其親也。所謂三年然後免於父母之懷，特以責宰我之無恩，欲其有以跂而及之爾。

○子曰：飽食終日，無所用心，難矣哉！不有博弈者乎？爲之猶賢乎已。

博，局戲也。弈，圍碁也。已，止也。李氏曰：聖人非教人博弈也，所以甚言無所用心之不可爾。

○子路曰：君子尚勇乎？子曰：君子義以爲上。君子有勇而無義爲亂，小人有勇而無義爲盜。

尚，上之也。君子爲亂，小人爲盜，皆以位而言者也。尹氏曰：義以爲尚，則其勇也大矣。子路好勇，故夫子以此救其失也。胡氏曰：疑此子路初見孔子時問答也。

○子貢曰：君子亦有惡乎？子曰：有惡。惡稱人之惡者，惡居下流而訕上者，

惡勇而無禮者。惡果敢而窒者。惡去聲下

同惟惡者之惡如字。訕，所諫反。

訕，謗毀也。窒，不通也。稱人惡則無仁厚之意。下訕上則無忠敬之心。勇無禮則爲亂。果而窒則妄作。故夫子惡之。

曰：賜也亦有惡乎。惡徼以爲知者。惡不孫以爲勇者。惡訐以爲直者。徼，古堯反。知，去聲。孫，並去聲。訐，居謁反。

惡徼以下，子貢之言也。徼，伺察也。訐，謂攻發人之陰私。○楊氏曰：仁者無不愛，則君子疑若無惡矣。子貢之有是心也，故問焉以質其是非。侯氏曰：聖賢之所惡如此，所謂唯仁者能惡人也。

○子曰：唯女子與小人爲難養也。近之則不孫，遠之則怨。近、孫、遠，並去聲。

此小人，亦謂僕隸下人也。君子之於臣妾，莊以涖之，慈以畜之，則無二者之患矣。

○子曰：年四十而見惡焉，其終也已。惡，去聲。

四十，成德之時。見惡於人，則止於此而已。勉人及時遷善改過也。蘇氏曰：此亦有爲而言。

不知其爲誰也

微子第十八

此篇多記聖賢之出處，凡十一章。

微子去之，箕子爲之奴，比干諫而死。

微、箕，二國名。子，爵也。微子，紂庶兄。箕子、比干，紂諸父。微子見紂無道，去之以存宗祀。箕子、比干皆諫，紂殺比干，囚箕子以爲奴，箕子因佯狂而受辱。

孔子曰："殷有三仁焉。"

三人之行不同，而同出於至誠惻怛之意，故不咈乎愛之理，而有以全其心之德也。楊氏曰："此三人者，各得其本心，故同謂之仁。"

○柳下惠爲士師，三黜。人曰："子未可以去乎？"曰："直道而事人，焉往而不三黜？枉道而事人，何必去父母之邦？"三去聲。焉，於虔反。

士師，獄官。黜，退也。柳下惠三黜不去，而其辭氣雍容如此，可謂和矣。然其不能枉道之意，則有確乎其不可拔者。是則所謂必以其道，而不自失焉者也。○胡氏曰："此必有孔子斷之之言而亡之矣。"

不知其為誰也。

微子第十八

此篇多記聖賢之出處，凡十一章。

微子去之，箕子為之奴，比干諫而死。

微、箕，二國名。子，爵也。微子，紂庶兄。箕子、比干，紂諸父。微子見紂無道，去之以存宗祀。箕子、比干皆諫，紂殺比干，囚箕子以為奴，箕子因佯狂而受辱。

孔子曰：殷有三仁焉。

三人之行不同，而同出於至誠惻怛之意，故不咈乎愛之理，而有以全其心之德也。楊氏曰：此三人者，各得其本心，故同謂之仁。

○柳下惠為士師，三黜。人曰：子未可以去乎？曰：直道而事人，焉往而不三黜？枉道而事人，何必去父母之邦？

焉，於虔反。

士師，獄官。黜，退也。柳下惠三黜不去，而其辭氣雍容如此，可謂和矣。然其不能枉道之意，則有確乎其不可拔者。是則所謂必以其道，而不自失焉者也。○胡氏曰：此必有孔子斷之之言而亡之矣。

○齊景公待孔子曰。若季氏則吾不能。以季孟之間待之。曰。吾老矣。不能用也。孔子行。

魯三卿。季氏最貴。孟氏爲下卿。孔子去之。事見世家。然此言必非面語孔子。蓋自以告其臣。而孔子聞之爾。○程子曰。季氏强臣。君待之之禮極隆。然非所以待孔子也。以季孟之間待之。則禮亦至矣。然復曰吾老矣。不能用也。故孔子去之。蓋不繫待之輕重。特以不用而去爾。

○齊人歸女樂。季桓子受之。三日不朝。孔子行。

歸如字。或作饋。朝音潮。

季桓子。魯大夫。名斯。按史記。定公十四年。孔子爲魯司寇。攝行相事。齊人懼。歸女樂以沮之。尹氏曰。受女樂而怠於政事如此。其簡賢棄禮。不足與有爲可知矣。夫子所以行也。所謂見幾而作。不俟終日者與。○范氏曰。此篇記仁賢之出處。而折衷以聖人之行。所以明中庸之道也。

○楚狂接輿。歌而過孔子曰。鳳兮鳳兮。何德之衰。往者不可諫。來者猶可追。已而已而。今之從政者殆而。

齊景公待孔子曰。若季氏則吾不能。以季孟之間待之。曰吾老矣。不能用也。孔子行。

魯三卿。季氏最貴。孟氏爲下卿。孔子去之。事見世家。然此言必非面語孔子。蓋自以告其臣。而孔子聞之爾。○程子曰。季氏强臣。君待之之禮極隆。然非所以待孔子也。以季孟之間待之。則禮亦至矣。然復曰吾老矣不能用也。故孔子去之。蓋不繫待之輕重。特以不用而去爾。

齊人歸女樂。季桓子受之。三日不朝。孔子行。

歸如字。或作饋。朝音潮。

季桓子。魯大夫。名斯。按史記。定公十四年。孔子爲魯司寇。攝行相事。齊人懼。歸女樂以沮之。尹氏曰。受女樂而怠於政事如此。其簡賢棄禮。不足與有爲可知矣。夫子所以行也。所謂見幾而作。不俟終日者與。○范氏曰。此篇記仁賢之出處。而折中以聖人之行。所以明中庸之道也。

楚狂接輿。歌而過孔子曰。鳳兮鳳兮。何德之衰。往者不可諫。來者猶可追。已而已而。今之從政者殆而。

接輿。楚人。佯狂辟世。夫子時將適楚。故接輿歌而過其車前也。鳳。有道則見。無道則隱。接輿以比孔子。而譏其不能隱爲德衰也。來者可追。言及今尚可隱去。已。止也。而。語助辭。殆。危也。接輿蓋知尊孔子而趣不同者也

孔子下。欲與之言。趨而辟之。不得與之言。辟去聲

孔子下車。蓋欲告之以出處之意。接輿自以爲是。故不欲聞而辟之也

○長沮桀溺耦而耕。孔子過之。使子路問津焉。沮七余反 溺乃歷反

二人。隱者。耦。並耕也。時孔子自楚反乎蔡。津。濟渡處

長沮曰。夫執輿者爲誰。子路曰。爲孔丘。曰。是魯孔丘與。曰。是也。曰。是知津矣。夫音扶 與平聲

執輿。執轡在車也。蓋本子路御而執轡。今下問津。故夫子代之也。知津。言數周流。自知津處

問於桀溺。桀溺曰。子爲誰。曰。爲仲由。曰。是魯孔丘之徒與。對曰。然。曰。滔滔者

接輿。楚人。佯狂辟世。夫子時將適楚。故接輿歌而過其車前也。鳳有道則見。無道則隱。接輿以比孔子。而譏其不能隱為德衰也。來者可追。言及今尚可隱去。已。止也。而。語助辭。殆。危也。接輿蓋知尊孔子而趨不同者也。

孔子下。欲與之言。趨而辟之。不得與之言。辟。去聲。

孔子下車。蓋欲告之以出處之意。接輿自以為是。故不欲聞而辟之也。

○長沮桀溺耦而耕。孔子過之。使子路問津焉。沮。七余反。溺。乃歷反。

長沮曰。夫執輿者為誰。子路曰。為孔丘。二人。隱者。耦。並耕也。時孔子自楚反乎蔡。津。濟渡處。

曰。是魯孔丘與。曰。是也。曰。是知津矣。夫。音扶。與。平聲。

執輿。執轡在車也。蓋本子路執轡。今下問津。故夫子代之也。知津。言數周流。自知津處。

問於桀溺。桀溺曰。子為誰。曰。為仲由。曰。是魯孔丘之徒與。對曰。然。曰。滔滔者天下皆是也，而誰以易之？且而與其從辟人之士也，豈若從辟世之士哉？耰而不輟。徒與之與，平聲。滔，吐刀反。辟，去聲。耰，音憂。滔滔，流而不反之意。以，猶與也。言天下皆亂，將誰與變易之？而，汝也。辟人，謂孔子。辟世，桀溺自謂。耰，覆種也。亦不告以津處。

子路行以告。夫子憮然曰：鳥獸不可與同羣，吾非斯人之徒與而誰與？天下有道，丘不與易也。憮，音武。與，如字。憮然，猶悵然，惜其不喻己意也。言所當與同羣者，斯人而已，豈可絕人逃世以爲潔哉？天下若已平治，則我無用變易之。正爲天下無道，故欲以道易之耳。○程子曰：聖人不敢有忘天下之心，故其言如此也。張子曰：聖人之仁，不以無道必天下而棄之也。

○子路從而後，遇丈人，以杖荷蓧。子路問曰：子見夫子乎？丈人曰：四體不勤，五穀不分，孰爲夫子？植其杖而芸。蓧，徒弔反。植，音值。丈人，亦隱者。蓧，竹器。分，辨也。五穀不分，猶言不辨菽麥爾。責其不事農業而從師遠遊也。

天下皆是也，而誰以易之？且而與其從辟人之士也，豈若從辟世之士哉？耰而不輟。辟，去聲。耰，音憂。滔滔，流而不反之意。以，猶與也。言天下皆亂，將誰與變易之？而，汝也。辟人，謂孔子。辟世，桀溺自謂。耰，覆種也。亦不告以津處。

子路行以告。夫子憮然曰：「鳥獸不可與同群，吾非斯人之徒與而誰與？天下有道，丘不與易也。」憮，音武。與，如字。

憮然，猶悵然，惜其不喻己意也。言所當與同群者，斯人而已，豈可絕人逃世以為潔哉？天下若已平治，則我無用變易之。正為天下無道，故欲以道易之耳。○程子曰：「聖人不敢有忘天下之心，故其言如此也。」張子曰：「聖人之仁，不以無道必天下而棄之也。」

○子路從而後，遇丈人，以杖荷蓧。子路問曰：「子見夫子乎？」丈人曰：「四體不勤，五穀不分，孰為夫子？」植其杖而芸。蓧，徒弔反。植，音值。丈人，亦隱者。蓧，竹器。分，辨也。五穀不分，猶言不辨菽麥爾，責其不事農業而從師遠遊也。

植。立之也。芸。去草也。

子路拱而立。

知其隱者。敬之也。

止子路宿。殺雞爲黍而食之。見其二子焉。食音嗣。見賢遍反。

明日。子路行以告。子曰。隱者也。使子路反見之。至則行矣。

孔子使子路反見之。蓋欲告之以君臣之義。而丈人意子路必將復來。故先去之以滅其

跡。亦接輿之意也。

子路曰。不仕無義。長幼之節。不可廢也。君臣之義。如之何其廢之。欲潔其身。而亂大倫。君子之仕也。行其義也。道之不行。已知之矣。長上聲

子路述夫子之意如此。蓋丈人之接子路甚倨。而子路益恭。丈人因見其二子焉。則於長幼之節。固知其不可廢矣。故因其所明以曉之。倫。序也。人之大倫有五。父子有親。君臣有義。夫婦有別。長幼有序。朋友有信。是也。仕所以行君臣之義。故雖知道之不行而不可廢。

芸，去草也。

子路拱而立。

知其隱者，敬之也。

止子路宿，殺雞為黍而食之，見其二子焉。

食，音嗣。見，賢遍反。

明日，子路行以告。子曰："隱者也。"使子路反見之。至則行矣。

孔子使子路反見之，蓋欲告之以君臣之義，而丈人意子路必將復來，故先去之以滅其跡，

亦接輿之意也。

子路曰："不仕無義。長幼之節，不可廢也；君臣之義，如之何其廢之？欲絜其身，而亂大倫。君子之仕也，行其義也。道之不行，已知之矣。"

長，上聲。

子路述夫子之意如此。蓋丈人之接子路甚倨，而子路益恭，丈人因見其二子焉，則於長幼之節，固知其不可廢矣，故因其所明以曉之。

然謂之義則事之可否身之去就亦自有不可苟者是以雖不潔身以亂倫亦非忘義以徇祿也。福州有國初時寫本。路下有反子二字。以此爲子路反而夫子言之也。未知是否。○范氏曰。隱者爲高故往而不返。仕者爲通故溺而不止。不與鳥獸同羣則决性命之情以饕富貴。此二者皆惑也。是以依乎中庸者爲難。惟聖人不廢君臣之義而必以其正。所以或出或處而終不離於道也。

○逸民。伯夷。叔齊。虞仲。夷逸。朱張。柳下惠。少連。少，去聲，下同

逸，遺逸。民者，無位之稱。虞仲，即仲雍，與大伯同竄荆蠻者。夷逸、朱張，不見經傳。少連，東夷人。

子曰。不降其志。不辱其身。伯夷叔齊與。謂柳下惠少連。降志辱身矣。言中倫。行中慮。其斯而已矣。與，平聲，中，去聲，下同

柳下惠事見上。倫，義理之次第也。慮，思慮也。中慮，言有意義合人心。少連事不可考。然記稱其善居喪。三日不怠。三月不解。朞悲哀。三年憂。則行之中慮，亦可見矣。

謂虞仲夷逸。隱居放言。身中清。廢中權。

仲雍居吳斷髮文身裸以爲飾隱居獨善合乎道之淸放言自廢合乎道之權

我則異於是無可無不可。

孟子曰孔子可以仕則仕可以止則止可以久則久可以速則速所謂無可無不可也○謝氏曰七人隱遯不汙則同其立心造行則異伯夷叔齊天子不得臣諸侯不得友蓋已遯世離羣矣下聖人一等此其最高與柳下惠少連雖降志而不枉已雖辱身而不求合其心有不屑也故言能中倫行能中慮虞仲夷逸隱居放言則言不合先王之法者多矣然淸而不汙也權而適宜也與方外之士害義傷敎而亂大倫者殊科是以均謂之逸民尹氏曰七人各守其一節而孔子則無可無不可所以常適其可而異於逸民之徒也揚雄曰觀乎聖人則見賢人是以孟子語夷惠亦必以孔子斷之

○大師摯適齊。大音泰

大師魯樂官之長摯其名也

亞飯干適楚三飯繚適蔡四飯缺適秦。飯扶晩反繚音了

亞飯以下以樂侑食之官干繚缺皆名也

鼓方叔入于河

鼓擊鼓者方叔名河河内

[illegible]

弗克祗厥辟，惟予汝辜。

[illegible]

○呂刑 [illegible] 周書

[illegible]

王享國百年，耄荒，度作刑以詰四方。

[illegible]

播鼗武入于漢。鼗徒刀反

播，搖也。鼗，小鼓。兩旁有耳，持其柄而搖之，則旁耳還自擊。武，名也。漢，漢中。

少師陽擊磬襄入于海。少去聲

少師，樂官之佐。陽、襄，二人名。襄即孔子所從學琴者。海，海島也。○此記賢人之隱遁以附前章，然未必夫子之言也。末章放此。張子曰：周衰樂廢，夫子自衛反魯，一嘗治之。其後伶人賤工識樂之正。及魯益衰，三桓僭妄，自大師以下，皆知散之四方，逾河蹈海以去亂。聖人俄頃之助，功化如此。如有用我，期月而可，豈虛語哉？

○周公謂魯公曰：君子不施其親，不使大臣怨乎不以。故舊無大故，則不棄也。無求備於一人。

施，陸氏本作弛，福本同。○魯公，周公子伯禽也。弛，遺棄也。以，用也。大臣非其人則去之，在其位則不可不用。大故，謂惡逆。李氏曰：四者皆君子之事，忠厚之至也。○胡氏曰：此伯禽受封之國，周公訓戒之辭。魯人傳誦，久而不忘也。其或夫子嘗與門弟子言之歟？

○周有八士：伯達、伯适、仲突、仲忽、叔夜、叔夏、季隨、季騧。騧烏瓜反

或曰：成王時人，或曰：宣王時人。蓋一母四乳而生八子也，然不可考矣。○張子曰：記善人

之多也。○愚按此篇孔子於三仁、逸民、師摯、八士，既皆稱贊而品列之；於接輿、沮溺、丈人，又每有惓惓接引之意，皆衰世之志也。其所感者深矣。在陳之嘆，蓋亦如此。三仁則無間然矣。其餘數君子者，亦皆一世之高士。若使得聞聖人之道，以裁其所過而勉其所不及，則其所立豈止於此而已哉？

論語卷之九

八士，既皆稱贊而品列之；於接輿、沮、溺、丈人，又每有惓惓接引之意。皆衰世之志也，其所感者深矣。在陳之歎，蓋亦如此。三仁則無間然矣，其餘數君子者，亦皆一世之高士。若使得聞聖人之道，以裁其所過而勉其所不及，則其所立，豈止於此而已哉？

論語卷之九

論語卷之十

朱熹集註

子張第十九

此篇皆記弟子之言。而子夏爲多。子貢次之。蓋孔門自顔子以下。穎悟莫若子貢。自曾子以下。篤實無若子夏。故特記之詳焉。凡二十五章。

子張曰。士見危致命。見得思義。祭思敬。喪思哀。其可已矣。

致命。謂委致其命。猶言授命也。四者立身之大節。一有不至。則餘無足觀。故言士能如此。則庶乎其可矣。

○子張曰。執德不弘。信道不篤。焉能爲有。焉能爲亡。

焉於虔反。亡讀作無。下同。有所得而守之太狹。則德孤。有所聞而信之不篤。則道廢。焉能爲有亡。猶言不足爲輕重。

○子夏之門人問交於子張。子張曰。子夏云何。對曰。子夏曰。可者與之。其不可者拒之。子張曰。異乎吾所聞。君子尊賢而容衆。嘉善而矜不能。我之

朱熹集注

子張第十九

此篇皆記弟子之言。而子夏爲多。子貢次之。蓋孔門自顏子以下。穎悟莫若子貢。自曾子以下。篤實無若子夏。故特記之詳焉。凡二十五章。

子張曰。士見危致命。見得思義。祭思敬。喪思哀。其可已矣。

致命。謂委致其命。猶言授命也。四者立身之大節。一有不至。則餘無足觀。故言士能如此。則庶乎其可矣。

○子張曰。執德不弘。信道不篤。焉能爲有。焉能爲亡。

焉。於虔反。亡。讀作無。下同。有所得而守之太狹。則德孤。有所聞而信之不篤。則道廢。焉能爲有無。猶言不足爲輕重。

○子夏之門人問交於子張。子張曰。子夏云何。對曰。子夏曰。可者與之。其不可者拒之。子張曰。異乎吾所聞。君子尊賢而容衆。嘉善而矜不能。我之

大賢與於人何所不容我之不賢與人將拒我如之何其拒人也賢與之與平聲

子夏之言迫狹子張譏之是也但其所言亦有過高之弊蓋大賢雖無所不容然大故亦所當絕不賢固不可以拒人然損友亦所當遠學者不可不察

○子夏曰雖小道必有可觀者焉致遠恐泥是以君子不爲也泥去聲

小道如農圃醫卜之屬泥不通也○楊氏曰百家衆技猶耳目鼻口皆有所明而不能相通非無可觀也致遠則泥矣故君子不爲也

○子夏曰日知其所亡月無忘其所能可謂好學也已矣亡讀作無好去聲

亡無也謂己之所未有○尹氏曰好學者日新而不失

○子夏曰博學而篤志切問而近思仁在其中矣

四者皆學問思辨之事耳未及乎力行而爲仁也然從事於此則心不外馳而所存自熟故曰仁在其中矣○程子曰博學而篤志切問而近思何以言仁在其中矣學者要思得之了此便是徹上徹下之道又曰學不博則不能守約志不篤則不能力行切問近思在

大賢與，於人何所不容？我之不賢與，人將拒我，如之何其拒人也？」

子夏之言迫狹，子張譏之是也。但其所言亦有過高之弊。蓋大賢雖無所不容，然大故亦所當絕；不賢固不可以拒人，然損友亦所當遠。學者不可不察。

○子夏曰：「雖小道，必有可觀者焉，致遠恐泥，是以君子不爲也。」

泥，去聲。小道，如農圃醫卜之屬。泥，不通也。○楊氏曰：「百家衆技，猶耳目口鼻，皆有所明而不能相通。非無可觀也，致遠則泥矣，故君子不爲也。」

○子夏曰：「日知其所亡，月無忘其所能，可謂好學也已矣。」

亡，讀作無。好，去聲。亡，無也。謂己之所未有。○尹氏曰：「好學者日新而不失。」

○子夏曰：「博學而篤志，切問而近思，仁在其中矣。」

四者皆學問思辨之事耳，未及乎力行而爲仁也。然從事於此，則心不外馳，而所存自熟，故曰仁在其中矣。○程子曰：「博學而篤志，切問而近思，何以言仁在其中矣？學者要思得之。了此，便是徹上徹下之道。」又曰：「學不博則不能守約，志不篤則不能力行。切問近思在己者，則仁在其中矣。」

己者。則仁在其中矣。又曰。近思者。以類而推。蘇氏曰。博學而志不篤。則大而無成。泛問遠思。則勞而無功。

○子夏曰。百工居肆以成其事。君子學以致其道。

肆。謂官府造作之處。致。極也。工不居肆。則遷於異物而業不精。君子不學。則奪於外誘而志不篤。尹氏曰。學所以致其道也。百工居肆。必務成其事。君子之於學。可不知所務哉。愚按二說相須。其義始備。

○子夏曰。小人之過也必文。

文去聲

文。飾之也。小人憚於改過。而不憚於自欺。故必文以重其過。

論語集注卷十　三

○子夏曰。君子有三變。望之儼然。即之也溫。聽其言也厲。

儼然者。貌之莊。溫者。色之和。厲者。辭之確。○程子曰。他人儼然則不溫。溫則不厲。惟孔子全之。謝氏曰。此非有意於變。蓋並行而不相悖也。如良玉溫潤而栗然。

○子夏曰。君子信而後勞其民。未信則以爲厲己也。信而後諫。未信則以爲謗己也。

己者則仁在其中矣。又曰近思者以類而推。蘇氏曰博學而志不篤則大而無成泛問遠思則勞而無功。

○子夏曰百工居肆以成其事君子學以致其道

肆謂官府造作之處。致極也。工不居肆則遷於異物而業不精。君子不學則奪於外誘而志不篤。尹氏曰學所以致其道也。百工居肆必務成其事。君子之於學可不知所務哉。愚按二說相須其義始備。

○子夏曰小人之過也必文。文去聲

文飾之也。小人憚於改過而不憚於自欺故必文以重其過。

○子夏曰君子有三變望之儼然即之也溫聽其言也厲。

儼然者貌之莊。溫者色之和。厲者辭之確。程子曰他人儼然則不溫溫則不厲惟孔子全之。謝氏曰此非有意於變蓋並行而不相悖也。如良玉溫潤而栗然。

○子夏曰君子信而後勞其民未信則以為厲己也。信而後諫未信則以為謗己也。

信謂誠意惻怛而人信之也厲猶病也事上使下皆必誠意交孚而後可以有爲

○子夏曰大德不踰閑小德出入可也

大德小德猶言大節小節閑闌也所以止物之出入言人能先立乎其大者則小節雖或未盡合理亦無害也○吳氏曰此章之言不能無弊學者詳之

○子游曰子夏之門人小子當洒掃應對進退則可矣抑末也本之則無如之何洒色賣反掃素報反

子游譏子夏弟子於威儀容節之間則可矣然此小學之末耳推其本如大學正心誠意之事則無有

子夏聞之曰噫言游過矣君子之道孰先傳焉孰後倦焉譬諸草木區以別矣君子之道焉可誣也有始有卒者其惟聖人乎别彼列反焉於虔反

倦如誨人不倦之倦區猶類也言君子之道非以其末爲先而傳之非以其本爲後而倦教但學者所至自有淺深如草木之有大小其類固有別矣若不量其淺深不問其生熟

信。謂誠意惻怛而人信之也。厲猶病也。事上使下皆必誠意交孚而後可以有爲。

○子夏曰。大德不踰閑。小德出入可也。

大德小德猶言大節小節。閑闌也。所以止物之出入。言人能先立乎其大者。則小節雖或未盡合理。亦無害也。○吳氏曰。此章之言不能無弊。學者詳之。

○子游曰。子夏之門人小子。當洒掃應對進退則可矣。抑末也。本之則無。如之何。洒色賣反。掃素報反。

子游譏子夏弟子於威儀容節之間則可矣。然此小學之末耳。推其本如大學正心誠意之事則無有。

○子夏聞之曰。噫。言游過矣。君子之道孰先傳焉。孰後倦焉。譬諸草木。區以別矣。君子之道。焉可誣也。有始有卒者。其惟聖人乎。別彼列反。焉於虔反。

倦如誨人不倦之倦。區猶類也。言君子之道。非以其末爲先而傳之。非以其本爲後而倦教。但學者所至。自有淺深。如草木之有大小。其類固有別矣。若不量其淺深。不問其生熟而槩以高且遠者强而語之。則是誣之而已。君子之道。豈可如此。若夫始終本末一以貫之。則惟聖人爲然。豈可責之門人小子乎。○程子曰。君子教人有序。先傳以小者近者。而後教以大者遠者。非先傳以近小而後不教以遠大也。又曰。洒掃應對。便是形而上者。理無大小故也。故君子只在謹獨。又曰。聖人之道。更無精粗。從洒掃應對與精義入神貫通只一理。雖洒掃應對。只看所以然如何。又曰。凡物有本末。不可分本末爲兩段事。洒掃應對是其然。必有所以然。又曰。自洒掃應對上便可到聖人事。愚按程子第一條說此章文意最爲詳盡。其後四條皆以明精粗本末。其分雖殊。而理則一。學者當循序而漸進。不可厭末而求本。蓋與第一條之意實相表裏。非謂末卽是本。但學其末而本便在此也。

○子夏曰。仕而優則學。學而優則仕。

優有餘力也。仕與學理同而事異。故當其事者。必先有以盡其事。而後可及其餘。然仕而學。則所以資其仕者益深。學而仕。則所以資其學者益廣。

○子游曰。喪致乎哀而止。

致極其哀。不尚文飾也。楊氏曰。喪與其易也寧戚。不若禮不足而哀有餘之意。愚按而止二字。亦微有過於高遠而簡略細微之弊。學者詳之。

○子游曰。吾友張也爲難能也。然而未仁。

子張行過高而少誠實惻怛之意

○曾子曰堂堂乎張也難與並爲仁矣。

堂堂容貌之盛。言其務外自高不可輔而爲仁。亦不能有以輔人之仁也。○范氏曰。子張外有餘而內不足。故門人皆不與其爲仁。子曰剛毅木訥近仁。寧外不足而內有餘。庶可以爲仁矣

○曾子曰。吾聞諸夫子人未有自致者也。必也親喪乎。

致。盡其極也。蓋人之眞情所不能自已者。○尹氏曰。親喪固所自盡也。於此不用其誠。惡乎用其誠

○曾子曰。吾聞諸夫子。孟莊子之孝也。其他可能也。其不改父之臣與父之政。是難能也。

孟莊子。魯大夫。名速。其父獻子名蔑。獻子有賢德。而莊子能用其臣守其政。故其他孝行雖有可稱。而皆不若此事之爲難

○孟氏使陽膚爲士師。問於曾子。曾

子張行過高。而少誠實惻怛之意。

○曾子曰。堂堂乎張也。難與並為仁矣。

堂堂。容貌之盛。言其務外自高。不可輔而為仁。亦不能有以輔人之仁也。○范氏曰。子張外有餘而內不足。故門人皆不與其為仁。子曰。剛毅木訥近仁。寧外不足而內有餘。庶可以為仁矣。

○曾子曰。吾聞諸夫子。人未有自致者也。必也親喪乎。

致。盡其極也。蓋人之真情所不能自已者。○尹氏曰。親喪固所自盡也。於此不用其誠。惡乎用其誠。

○曾子曰。吾聞諸夫子。孟莊子之孝也。其他可能也。其不改父之臣與父之政。是難能也。

孟莊子。魯大夫。名速。其父獻子。名蔑。獻子有賢德。而莊子能用其臣。守其政。故其他孝行雖有可稱。而皆不若此事之為難。

○孟氏使陽膚為士師。問於曾子。曾

子曰。上失其道。民散久矣。如得其情。則哀矜而勿喜。

陽膚。曾子弟子。民散。謂情義乖離。不相維繫。謝氏曰。民之散也。以使之無道。教之無素。故其犯法也。非迫於不得已。則陷於不知也。故得其情。則哀矜而勿喜。

○子貢曰。紂之不善。不如是之甚也。是以君子。惡居下流。天下之惡皆歸焉。惡居之惡。去聲。

下流。地形卑下之處。衆流之所歸。喻人身有汙賤之實。亦惡名之所聚也。子貢言此。欲人

常自警省。不可一置其身於不善之地。非謂紂本無罪。而虛被惡名也。

○子貢曰。君子之過也。如日月之食焉。過也。人皆見之。更也。人皆仰之。更平聲

○衛公孫朝問於子貢曰。仲尼焉學。朝音潮。焉於虔反。公孫朝。衛大夫。

子貢曰。文武之道。未墜於地。在人。賢者識其大者。不賢者識其小者。莫不

子曰。上失其道。民散久矣。如得其情。則哀矜而勿喜。

陽膚曾子弟子。民散謂情義乖離不相維繫。謝氏曰民之散也以使之無道教之無素故其犯法也非迫於不得已則陷於不知也故得其情則哀矜而勿喜。

○子貢曰。紂之不善。不如是之甚也。是以君子惡居下流。天下之惡皆歸焉。

惡去聲。下流地形卑下之處衆流之所歸喻人身有汚賤之實亦惡名之所聚也子貢言此欲人常自警省不可一置其身於不善之地非謂紂本無罪而虛被惡名也

○子貢曰。君子之過也。如日月之食焉。過也人皆見之。更也人皆仰之。

更平聲

○衛公孫朝問於子貢曰。仲尼焉學。

朝音潮。公孫朝衛大夫。

子貢曰。文武之道。未墜於地。在人。賢者識其大者。不賢者識其小者。莫不

有文武之道焉。夫子焉不學。而亦何常師之有。識音志。下焉字於虔反。

文武之道。謂文王武王之謨訓功烈。與凡周之禮樂文章皆是也。在人。言人有能記之者。識。記也。

○叔孫武叔語大夫於朝曰。子貢賢於仲尼。語去聲。朝音潮。

武叔。魯大夫。名州仇。

子服景伯以告子貢。子貢曰。譬之宮牆。賜之牆也及肩。窺見室家之好。牆卑室淺。

夫子之牆數仞。不得其門而入。不見宗廟之美。百官之富。七尺曰仞。不入其門。則不見其中之所有。言牆高而宮廣也。

得其門者或寡矣。夫子之云。不亦宜乎。此夫子。指武叔。

有文武之道焉。夫子焉不學？而亦何常師之有？焉，於虔反。朝，音潮。識，音志。下焉字同。

文武之道，謂文王武王之謨訓功烈，與凡周之禮樂文章皆是也。在人，言人有能記之者。識，記也。

○叔孫武叔語大夫於朝曰：「子貢賢於仲尼。」語，去聲。朝，音潮。武叔，魯大夫，名州仇。

子服景伯以告子貢。子貢曰：「譬之宮牆，賜之牆也及肩，窺見室家之好。牆卑室淺。

夫子之牆數仞，不得其門而入，不見宗廟之美，百官之富。七尺曰仞。不入其門，則不見其中之所有，言牆高而宮廣也。

得其門者或寡矣。夫子之云，不亦宜乎！」此夫子指武叔。

○叔孫武叔毁仲尼。子貢曰：無以為也。仲尼不可毁也。他人之賢者，丘陵也，猶可踰也。仲尼，日月也，無得而踰焉。人雖欲自絶，其何傷於日月乎？多見其不知量也。量，去聲。

無以為，猶言無用為此。土高曰丘，大阜曰陵。日月，喻其至高。自絶，謂以謗毁自絶於孔子。多，與祇同，適也。不知量，謂不自知其分量。

○陳子禽謂子貢曰：子為恭也，仲尼豈賢於子乎？

為恭，謂為恭敬推遜其師也。

子貢曰：君子一言以為知，一言以為不知，言不可不慎也。知，去聲。

責子禽不謹言。

夫子之不可及也，猶天之不可階而升也。

階，梯也。大可為也，化不可為也，故曰不可階而升也。

夫子之得邦家者，所謂立之斯立，道之斯行，綏之斯來，動之斯和。其生也榮，其死也哀，如之何其可及也？道，去聲。

立之，謂植其生也。道，引也，謂教之也。行，從也。綏，安也。來，歸附也。動，謂鼓舞之也。和，所謂於變時雍。言其感應之妙，神速如此。榮，謂莫不尊親。哀，則如喪考妣。程子曰：「此聖人之神化，上下與天地同流者也。」○謝氏曰：「觀子貢稱聖人語，乃知晚年進德，蓋極於高遠也。夫子之得邦家者，其鼓舞群動，捷於桴鼓影響。人雖見其變化，而莫窺其所以變化也。蓋不離於聖，而有不可知者存焉，聖而進於不可知之之神矣。此殆難以思勉及也。」

堯曰第二十

凡三章。

堯曰：「咨！爾舜！天之曆數在爾躬，允執其中。四海困窮，天祿永終。」

此堯命舜，而禪以帝位之辭。咨，嗟歎聲。曆數，帝王相繼之次第，猶歲時節氣之先後也。允，信也。中者，無過不及之名。四海之人困窮，則君祿亦永絕矣，戒之也。

舜亦以命禹。

舜後遜位於禹，亦以此辭命之。今見於虞書大禹謨，比此加詳。

曰予小子履敢用玄牡敢昭告于皇皇后帝有罪不敢赦帝臣不蔽簡在帝心朕躬有罪無以萬方萬方有罪罪在朕躬

此引商書湯誥之辭蓋湯既放桀而告諸侯也與書文大同小異曰上當有湯字履蓋湯名用玄牡夏尚黑未變其禮也簡閱也言桀有罪已不敢赦而天下賢人皆上帝之臣已不敢蔽簡在帝心惟帝所命此述其初請命而伐桀之詞也又言君有罪非民所致民有罪實君所爲見其厚於責已薄於責人之意此其告諸侯之辭也

周有大賚善人是富 賚來代反

此以下述武王事賚予也武王克商大賚于四海見周書武成篇此言其所富者皆善人也詩序云賚所以錫予善人蓋本於此

雖有周親不如仁人百姓有過在予一人

此周書泰誓之詞孔氏曰周至也言紂至親雖多不如周家之多仁人

謹權量審法度修廢官四方之政行焉

曰。予小子履。敢用玄牡。敢昭告于皇

皇后帝。有罪不敢赦。帝臣不蔽。簡在

帝心。朕躬有罪。無以萬方。萬方有罪。

罪在朕躬。

此引商書湯誥之辭。蓋湯既放桀而告諸侯也。與書文大同小異。曰上當有湯字。履。蓋湯名。用玄牡。夏尚黑。未變其禮也。簡。閱也。言桀有罪。己不敢赦。而天下賢人。皆上帝之臣。己不敢蔽。簡在帝心。惟帝所命。此述其初請命而伐桀之辭。又言君有罪非民所致。民有罪實君所爲。見其厚於責己薄於責人之意。此其告諸侯之辭也。

周有大賚。善人是富。賚。來代反。

此以下述武王事。賚。予也。武王克商。大賚于四海。見周書武成篇。此言其所富者。皆善人也。詩序云。賚所以錫予善人。蓋本於此。

雖有周親。不如仁人。百姓有過。在予

一人。

此周書太誓之辭。孔氏曰。周。至也。言紂至親雖多。不如周家之多仁人。

謹權量。審法度。修廢官。四方之政行

焉。

權稱錘也。量斗斛也。法度禮樂制度皆是也。

興滅國。繼絶世。舉逸民。天下之民歸心焉。

興滅繼絶，謂封黄帝堯舜夏商之後。舉逸民，謂釋箕子之囚，復商容之位。三者皆人心之所欲也。

所重民食喪祭。

武成曰：重民五教，惟食喪祭。

寛則得衆，信則民任焉，敏則有功，公則説。

說音悅。

此於武王之事無所見，恐或汎言帝王之道也。○楊氏曰：論語之書，皆聖人微言，而其徒傳守之，以明斯道者也。故於終篇，具載堯舜咨命之言，湯武誓師之意，與夫施諸政事者。以明聖學之所傳者，一於是而已。所以著明二十篇之大旨也。孟子於終篇，亦歷叙堯舜湯文孔子相承之次，皆此意也。

○子張問於孔子曰：何如斯可以從政矣？子曰：尊五美，屏四惡，斯可以從政矣。子張曰：何謂五美？子曰：君子惠權，稱錘也。量，斗斛也。法度，禮樂制度皆是也。

興滅國，繼絕世，舉逸民，天下之民歸心焉。

興滅繼絕，謂封黃帝、堯、舜、夏、商之後。舉逸民，謂釋箕子之囚，復商容之位。三者皆人心之所欲也。

所重：民、食、喪、祭。

武成曰：「重民五教，惟食喪祭。」

寬則得眾，信則民任焉，敏則有功，公則說。

說，音悅。

此於武王之事無所見，恐或泛言帝王之道也。○楊氏曰：「論語之書，皆聖人微言，而其徒傳守之，以明斯道者也。故於終篇，具載堯舜咨命之言，湯武誓師之意，與夫施諸政事者。以明聖學之所傳者，一於是而已。所以著明二十篇之大旨也。孟子於終篇，亦歷敘堯舜湯文孔子相承之次，皆此意也。」

○子張問於孔子曰：「何如斯可以從政矣？」子曰：「尊五美，屏四惡，斯可以從政矣。」子張曰：「何謂五美？」子曰：「君子惠而不費勞而不怨欲而不貪泰而不驕威而不猛子張曰何謂惠而不費子曰因民之所利而利之斯不亦惠而不費乎擇可勞而勞之又誰怨欲仁而得仁又焉貪君子無衆寡無小大無敢慢斯不亦泰而不驕乎君子正其衣冠尊其瞻視儼然人望而畏之斯不亦威而不猛乎子張曰何謂四惡子曰不教而殺謂之虐不戒視成謂之暴慢令致期謂之賊猶之與人也出納之吝謂之有司費芳味反焉於虔反出去聲

虐謂殘酷不仁暴謂卒遽無漸致期刻期也賊者切害之意緩於前而急於後以誤其民而必刑之是賊害之也猶之猶言均之也均之以物與人而於其出納之際乃或吝而不果則是有司之事而非為政之體所與雖多人亦不懷其惠矣項羽使人有功當封刻印刓忍弗能予卒以取敗亦其驗也○尹氏曰告問政者多矣未有如此之備者也故記之

以繼帝王之治，則夫子之爲政可知也。

○子曰：不知命，無以爲君子也。

程子曰：知命者，知有命而信之也。不知命，則見害必避，見利必趨，何以爲君子

不知禮，無以立也。

不知禮，則耳目無所加，手足無所措。

不知言，無以知人也。

言之得失，可以知人之邪正。○尹氏曰：知斯三者，則君子之事備矣。弟子記此以終篇，得無意乎？學者少而讀之，老而不知一言爲可用，不幾於侮聖言者乎？夫子之罪人也，可不念哉！

論語卷之十

以繼帝王之治則夫子之為政可知也。

○子曰：不知命，無以為君子也。

程子曰：知命者，知有命而信之也。人不知命，則見害必避，見利必趨，何以為君子？

不知禮，無以立也。

不知禮則耳目無所加，手足無所措。

不知言，無以知人也。

言之得失，可以知人之邪正。○尹氏曰：知斯三者，則君子之事備矣。弟子記此以終篇，得無意乎？學者少而讀之，老而不知一言為可用，不幾於侮聖言者乎？夫子之罪人也，可不念哉？

論語卷之十

圖書在版編目(CIP)數據

論語集注 : 全4册 / (宋) 朱熹撰. -- 南昌 : 江西人民出版社, 2023.11
ISBN 978-7-210-14921-7

Ⅰ. ①論… Ⅱ. ①朱… Ⅲ. ①《論語》-注釋 Ⅳ. ①B222.22

中國國家版本館CIP數據核字（2023）第201873號

論語集注（全四册）
［宋］朱熹　撰

責任編輯　李陶生
出版發行　江西人民出版社
地　　址　江西省南昌市三經路四十七號附一號
電　　話　（〇七九一）八六八一二一七二
郵　　編　三三〇〇〇六
網　　址　www.jxpph.com
郵　　箱　jxpph@tom.com　web@jxpph.com
版　　次　二〇二三年十一月第一版第一次印刷
印　　張　陸拾叁
字　　數　壹佰貳拾仟字
ＩＳＢＮ　978-7-210-14921-7
定　　價　貳仟陸佰捌拾元
承 印 廠　宜春市同茂印務有限公司
用　　紙　安徽涇縣手工宣紙
贛版權登字-01-2023-472

贛人版圖書凡屬印刷、裝訂錯誤，請隨時與江西人民出版社聯繫調換。
服務電話：（〇七九一）八六八九八八二〇

ISBN 978-7-210-14921-7
9 787210 149217 >